청어詩人選 106

정재훈 시집

아무 일도 없는 것처럼

청어

아무 일도 없는 것처럼

정재훈 지음

발행처 · 도서출판 **청어**
발행인 · 이영철
기　획 · 최윤영 | 김홍순
영　업 · 이동호
편　집 · 김영신 | 방세화
디자인 · 김바라 | 오주연
제작부장 · 공병한
인　쇄 · 두리터

등　록 · 1999년 5월 3일(제22-1541호)

1판 1쇄 인쇄 · 2013년 3월 20일
1판 1쇄 발행 · 2013년 3월 30일

주소 · 서울 서초구 서초3동 1595-10 봉양빌딩 2층
대표전화 · 586-0477
팩시밀리 · 586-0478

홈페이지 · www.chungeobook.com
E-mail · ppi20@hanmail.net
ISBN · 978-89-97706-37-2 (03810)

아무 일도 없는 것처럼

살면서 힘들고 지우고 싶은 일들이 생길 때마다 아무 일도 없는 것처럼 흔적을 지우며 원래의 삶으로 돌아갈 수 있을까?

고통, 아픔, 사랑, 그리움, 이별, 죽음 등 알 수 없는 운명의 시간과 마주치면서 인간은 다양한 형태로 작거나 크게 무엇인가를 마음에 남길 수밖에 없는 존재는 아닐까?

혼자 아무 일도 없는 것처럼 지나쳐도 관계되어 있는 사람들 속에서는 아무 일도 없는 것이 될 수 없는 것처럼, 개인의 삶이란 혼자만으로는 돌이키거나 지울 수 없는 거대한 운명의 항해는 아닐까?

부끄러운 일을 하거나 상처를 주거나 고통을 받거나 아픔을 느끼는 상황이 지나가면 누구나 잊어버리고 싶은 일들로 또 다른 비밀의 방을 만들고, 그 방에서 봄, 여름, 가을, 겨울을 외롭게 나야 하는 자기만의 시간이 누구에게나 주어지는 건 아닐까?

신이 내린 숙제처럼.

삶의 문제를 푸는 시간은 다르겠지만, 신이 우리에게 허락해준 단 하나의 공통된 암호는 '아무 일도 없는 것처럼' 견디어내야 하는 희망은 아닐까?

아무 일도 없는 것처럼 한다고 해도 일어난 일이 없어지지 않는 것을 인정하면, 고통은 고통을 낳고 사랑은 사랑을 낳는다는 걸 자연스럽게 알게 되고, 삶이 비로소 삶으로 보이게 되는 건 아닐까?

그래서 시를 쓰는 건 어쩌면 지우고 싶은 상처나 아픔이나 그리움이나 죽음에 대하여 아무 일도 없는 것처럼 견디고 싶은 몸부림이고, 살아가는 이유가 되는 건 아닐까?

그것밖에 견디는 방법이 없지만 그렇게라도 유한한 삶이 있음을 사랑할 수밖에 없는 이유가 되는 건 아직 우리는 어디론가 걸어가고 있기 때문이 아닐까.

이 시집에 담은 일상의 시편들은 '아무 일도 없는 것처럼' 될 수 있는 것들이 어떤 흔적으로 아무 일도 없는 것처럼 견디어내고 있는가에 대한 애증의 기록들이다.

생애 첫 시집을 낸다. 부족하지만 선뜻 지면을 할애해주신 청어출판사 이영철 대표님을 비롯하여, 나와 인연을 맺고 사는 모든 사람에게 감사 드린다. 특히 결혼 후 20년 동안 아무 일도 없는 것처럼 함께 살아온 나의 아내에게 이 시집을 바친다.

정재훈

c·o·n·t·e·n·t·s

1
겨울

2
봄

● ● ● ● ● 아무 일도 없는 것처럼

1
겨울

새들이 떠난 자리
낮부터 시린 바람 머물려 하지만
집 나온 달님 덕에
긴 밤도 아름답구나

내복

온종일 추운 바람 견뎌내고
이제야 살포시 벗어 내립니다

이제야
가난한 아버지가
가난한 아버지의 아버지에게
왜 겨울이면 챙겨주셨는지

나이 먹은 만큼
내복의 두께가 두꺼워지는지

떨면서 견뎌내고서야
고개를 끄덕입니다

"당신도 이제 좋은 시절 다 갔나 봐"
아내의 안타까운 농담도
허허 웃음으로 넘겨야 하는 시절

후끈한 보일러 거실 위에 런닝 하나
걸치고 잠든 아들의 다리에

내복을 입혀봅니다

이건 눈물이다
이건 세월이다
이건 사랑이다

겨울 보내기

돌아보면 어제 같은데
마음은 텅 비어 초라해지고

기약하는 마음은 설레지만
발길은 가벼이 떨어지질 않네

내일이야 오늘보다 나으려니
온종일 허허허 달래만 보네

밤새 내린 눈 위로

밤새 내린 눈 위로
여린 햇살이 몸을 비빕니다

얼어붙은 마음과 마음을 비집고
들어가 희망의 입김을 밖으로 토해냅니다

눈 아래 숨겨진 초록빛 대지와 입맞춤하려고
온몸으로 뒹굴고 뒹굴어봅니다

눈부시도록 하얗게 멍들어
아무것도 남지 않은 채
햇살은 눈을 안고 온종일 동침합니다

그제야
잠들었던 대지는 햇살에 미소 짓습니다

나의 아름다운 희망이여

동행

열여섯 우리 아가랑
광교산 저수지 둘레길에
숨어봅니다

나이 들면 미안하지만
파리에서 살고 싶다고
조잘거리는 빠알간 입술에서
헉헉 깊어가는 가을 신음이
낙엽 위에 놓입니다

가보지 못한 길을 가는 일은
쓸쓸하지만 아름다울 수 있다고
손을 꼭 잡아주지만
앙상한 가지처럼 여립니다

이 가을이 수백 번 지나
사랑하는 사람과 다시 이 길 위에
서는 날이 오면

그때야
누군가
같이 걸을 수 있는 길 위에
같이 서 있다는 것이
얼마나 행복한 일이었는지

다 커버린 아가의 팔짱 속에
지는 가을처럼 안기어
허허허 미소만 지어봅니다

11월이 가면

가을 지나 첫사랑처럼 짧았던 11월이 가면
그대 마음에 눈 내리는 긴 겨울이 오겠죠

무엇인가를 기다리는 일이 익숙해지고
그대 스스로 위로해야 하는 겨울이 오면

그대 지우고 싶은 상처들
느릅나무 껍질처럼 벗겨내고

오래 머물지 않는 양지 모퉁이 찾아
조용히 고독에 묻혀 겨울잠을 청하겠지요

긴긴 밤이 외로워서 술 한잔 하다가도
오지 않을 봄 때문에 몸서리도 치겠지요

그대와 나누었던 따뜻한 추억을 베개 삼아
밤하늘의 얼어버린 은하수도 수백 번 건너겠지요

가을 지나 첫사랑처럼 잊지 못할 11월이 가면
그대 마음에 봄 기다리는 슬픈 겨울이 오겠죠

물레고둥

깊은 바다 속
고독하게 쌓아올린
원뿔형 몸뚱어리

부드러운 회색빛 속살은
살아온 삶처럼
쫀득쫀득하고

추운 겨울
입안의 행복을
허락한 너를 위해
소리 없는 몸나발로 노래를 띄워본다

받을 수 없는 위로

어쩌면 그대 아무 일도 없었던 것처럼 해맑을 수 있나요
어쩌면 그대 아무 일도 없었던 것처럼 사랑스러울 수 있나요

잊고 싶은 기억들 마음속 생채기처럼 아물지 못하고
잊고 싶은 얼굴들 오늘처럼 또렷이 손안에 잡히련만

어쩌면 그대 모르는 일처럼 미소만 짓나요
어쩌면 그대 모르는 비밀처럼 문을 꼭꼭 잠그나요

겨울이 깊어져 그대 나를 안아주며 떠나라고 하지만
떠나지 못하는 나는 그대 안에 주저앉아 봄을 기다려보련만

어쩌면 그대 아무 일도 없었던 것처럼 잠들 수 있는지
어쩌면 그대 아무 일도 없었던 것처럼 행복할 수 있는지

주고 싶은 위로지만 받을 수 없는 그대의 창을 두드리며
시리도록 차가운 하얀 날은 또 그렇게 저물어갑니다

나무

아무도 없는 하늘 아래
오백 년 동안
맨발로 서 있었더니
조금은 피곤하구나

사심 없는 바람아 불어서
머리라도 식혀주렴
네 노래 들으며
한 천 년은 더 버티어보련다

퇴원

오늘 퇴원합니다 이 지상에서

손꼽아 기다리던 날이었는데
막상 나가려니 조금은 아쉽답니다

들어오던 날부터
늘 돌봐주던 친절한 위로도
이젠 못 받겠지요

진심으로 소리 없이
마음의 깊은 병을 들어준
숨결 같던 바람과
영롱한 별과
미소 짓던 달과
늘 안아주던 나무와
속삭이던 햇살도
보지 못하겠지요

뭐 하나 한 것 없이
그저 끙끙 앓다
그냥 자리를 비워야 하지만

아픔도 안아주는 사랑과
고통도 들어주는 희망과

실망도 견뎌주는 믿음이

짧지만 머물러주었기에
가볍게 떠날 수 있게 된 것
행복하답니다

제가 가면 누군가 다시
이 쓸쓸한 병실에 들어오겠지요
어떤 병으로 한평생을 살까요

남아 있는 사람들은 무슨 이야기를 하며
저를 불러볼까요

남겨줄 물건이라곤
벗어놓은 환자복 한 벌
세월을 깎던 면도기와 바짝 말라버린 만년필 한 개뿐인데

처음 올 때처럼
맨몸으로
저는 한 번도 가보지 못한 집으로 돌아갑니다

이제 시간이 되었네요
오늘 이 지상에서 퇴원합니다

평택 가는 길

서오산에서 오성까지
지루한 길 위에
아침이면 날 샌 달이
해 지면 술 취한 노을이 위로한다

사랑하는 것들로부터
멀어지거나 가까워지는 건
그만큼 외로운 일이다

하물며
죽음을 맞이하는 건
얼마나 견디기
어려운 일이겠는가

떠나가는 자는 그저 간다 해도
멀어지는 거리만큼
슬픔은 그리움으로 쌓여
남아 있는 자에게 시름이 되어버린다

매일 오가는 길 위에
햇살이 몰려오고
바람이 불어오면
그제야 사랑의 신호인 양
잠시 눈을 감아본다

회고

그대 떠나가던 날 나는 어디에 있었나요
그대 고백하던 날 내 마음은 어디에 머물렀나요
돌아보고 돌아보면 내 속엔 그대 없고
그대의 간절함만 가득했네요
돌아보고 돌아보면
나는 한 번도 가까이 그대에게 가지 않았네요

다시 와도 나는 그대 받아줄 수 없어요
다시 와도 나는 그대 받아줄 수 없어요

이제 그대 나를 잊어야 해요
모르는 이름처럼 스쳐 지나가세요
돌아보고 돌아보면
나는 나를 사랑해서 누굴 사랑할 수 없네요
돌아보고 돌아보면
나는 나를 떠날 수가 없어 그대에게 가지 못하네요

다시 와도 나는 그대 받아줄 수 없어요
다시 와도 나는 그대 받아줄 수 없어요

어떤 우화
– 가난한 동네의 작은 놀이터

어릴 적 제가 살던 가난한 동네에는
작은 놀이터가 하나 있었답니다

모래는 흙이 보일 정도로 푸석푸석했지만
삐걱대는 시소를 악기처럼 좋아했고
녹슨 그네 위에 누이가 오르면
하늘로 떠날 것 같아 나도 모르게 눈을 감았습니다

비가 오거나
바람이 불어 놀이터에 못 가게 되면
엄마에게 투정만 부리고
누이에게 괜한 시비를 걸 때도 있었습니다

너무 가고 싶을 때는 꿈에서
맨발로 모래성을 쌓고 그 안에 들어가
이웃집 예쁜 공주와 살기도 했답니다

한 해 두 해 지나면서 가난한 동네가
아파트촌으로 변하기 시작했답니다
아파트마다 신기한 놀이터가 하나씩 늘어났답니다
딱딱한 고무 매트에
웅장한 미끄럼틀
사뿐거리는 시소와
잘빠진 그네들이 아이들을 하나둘 데려갔답니다

아이들은 이리저리 몰려다니면서
이곳저곳 놀이터를 순회하기도 했답니다
여기 가면 이런 것이 재미있고
저기 가면 저런 것이 재미있어서
어떨 때는 내 집 앞의 놀이터보다 다른 곳이 아주 좋아
한동안 아주 먼 놀이터도 다니곤 했답니다

아이들은 그렇게 가난한 동네의 소박한 놀이터를 잊어버렸고
거기에 새로운 놀이터가 들어서기를 날마다 꿈꾸었답니다

그런데 세월이 흘러도
가난한 동네의 작은 놀이터는 없어지질 않았답니다

삐걱거리지만 시소는 여전히 움직이고 있고
야위어진 그넷줄은 아직도 멀리 하늘 위를 날 수 있고
나이 든 모래는 누가 오든 든든하고 편안하게 맞아줍니다

아이들은 잊었지만 한없이 넓은 놀이터는 잊지 않았던 겁니다
멀리서 놀다 한두 번 생각나면 들르는 아이는 측은한 마음으로
오랫동안 함께 놀아준 아이는 고마운 마음으로

앞으로도 내 마음속 가난한 동네의 작은 놀이터는
영원히 사라지지 않을 겁니다

겨울 길

얼어붙은 새벽 겨울 길
조금씩 걸어가 보네

깨지지 않을 만큼 한 걸음씩
가볍지 않게

미끄러지지 않으려고
조심스럽게

많이 왔다 돌아보지만
가야 할 길은 멀기만 하네

작은 눈이라도 오면
걸어온 길은 사라지네

언제쯤이면 길 위에 가만히 서 있어도
조급해지지 않으려는지

예고 없이 길 위에 칼바람이 불고
오늘은 길 위에 누워 봄꿈이라도 꾸어야겠네

행복

당신은 오늘 행복했나요
당신의 행복은 누구에게 있나요

오늘 당신이 행복하지 못하면
사랑하는 누군가는 행복하지 못하겠지요

당신이 오늘 미소 지을 때
누군가는 따뜻할 수 있다는 걸

당신이 아파할 때
누군가는 슬퍼 잠 못 이룬다는 걸

당신이 행복해야
누군가는 더 살 만한 힘을 얻는다는 걸

당신은 오늘 누구와 있었나요
그 사람은 오늘 당신을 밤새 기다립니다

겨울비

사랑을 알기 전
비가 오면 외롭다가

사랑을 알고 난 후
비가 오면 그리워지네

그리워지면
아프다는 걸 알면서도

말 없는
빗소리처럼
그대에게만 흘러가네

사랑을 알기 전
비가 오면 허전했는데

사랑을 알고 난 후
비가 오면 부족만 하네

부족하면 할수록
견뎌야 하는 걸 알면서도

쌓이지 않는
빗방울처럼
그대에겐 끝이 없네

고향 가는 길

가도 가도 끝이 없어 보이는 고향 가는 길
이제 왔느냐고 천 년 동안 기다린 느티나무 나를 반기고

세상의 모든 시름 잠시 놔두고
예서 옛 동무들과 술에 취해보고

뒷동산에 올라 순이처럼 예쁜 달에
주절주절 빌어도 보고

잘 살았네 못 살았네
힘들어도 잘 되겠지
쌓이고 쌓인 굳은 속마음
밤새도록 녹여도 보고

깊은 밤엔
아무 생각 없이 엄니 젖도 만져보고
아무 생각 없이 누이 울음도 받아보고
아무 생각 없이 동생 설움도 들어주고

가도 가도 끝이 없어 보이는 고향 가는 길
마음은 다 와 있는데 마음은 고향인데

동자꽃

아가야 아가야 조금만 기다려라
바위처럼 내려앉은 눈이 솜처럼 녹을 때까지
아가야 아가야 조금만 기다려라
겨울살이 보시 가득한 비랑 풀 때까지

언제 오시나요 언제 오셔서
얼어붙은 발가락을 녹여주시나요
언제 오시나요 언제 오셔서
입술에 영근 하얀 고드름을 떼어주시나요

아가야 아가야 이제 다 왔는데
아가야 아가야 이제 다 왔는데

모든 것이 가물가물하네요
이제 서둘러 오지 않으셔도 돼요
이미 제 붉은 피는 멈추어서
안아줘도 딱딱한 나무와 같고
입에 넣어주셔도 오물오물 씹을 수 없네요

아가야 아가야 미안하다
아가야 아가야 미안하다

울지 마세요 울지 마세요
겨울 지나 여름 오면

언덕에 올라 제가 남긴 붉은 손 안에
눈물 한 방울만 두고 가세요

영원히 누군가 기다리지 않게
영원히 누군가 기다리지 않게

통조림

내 휘어진 등에 낙인처럼 찍힌
00년 0월 0일 제조일자

제조자는 확실하지만
유통기한은 누구도 알 수 없네

남겨줄 거라곤
비린내 나는 푸른 바다의 향기뿐이지만

오늘도 내일도
꾸준한 관심과 물리지 않는 선택을 희망하네

그렇게 담담히
구멍가게 3단 선반 위에서 먼지를 맞으며 겨울을 견디네

생명

하나뿐이라
누구에게 줄 수 없고
오직 사랑하는 사람만이
지켜줄 수 있는
지상에서 가장 아름다운 이름

높아서 모든 것을 풀어가게 하시고
맑아서 모든 것을 품게 하시고
깊어서 오래오래 향기 낼 수 있기를

하나뿐이라
누구에게 받을 수 없는
오직 사랑하는 사람만이
받을 수 있는
지상에서 가장 행복한 이름

밝아서 모든 것을 환하게 하시고
어여뻐서 모든 것을 미소 짓게 하시고
따스하여 모든 것을 안을 수 있기를

어떤 마을

걷다 보니 나도 모르게
사람들이 사는 마을까지 깊숙이 들어왔네
보이지 않던 나무들이 함박눈처럼 반겨주고
들을 수 없던 새들의 입맞춤이 종소리처럼 울려 나와
세월도 잊고 하루를 보내네

봄을 기다리는
작은 돌 틈 사이 옹달샘은
온종일 재잘거리며 기쁨과 눈물을 맛보게 하고
꿈을 기다리는
깊은 우물에는
밤이면 떨어지는 하얀 별이 가득하다네

언제까지 머물지 누구도 모르지만
하루를 살아도 떠나야 할 걱정 없이
편안한 양지에 발을 디디고
부끄럼 없이 서로 바라볼 수 있는 까닭에
이리 와 예서 사는 사람들은
어디론가 떠나려고 정거장도 세우지 않았나 보다

겨울과 봄 사이

그대가 한 발자국 내게 다가오면
나는 한 발자국 뒤로 물러납니다

그대가 작은 손 한 번 내밀면
나는 얼어붙어 고개를 숙입니다

그대가 따스한 입술로 불러주면
나는 아무것도 남김없이 사라집니다

그대가 짧지만 아름답게 머무는 동안
나는 조용히 등 뒤에 숨어 깊은 잠을 청할까 합니다

통증

가만히 있어도 가슴이 아립니다
빼낼 수 없는 유리조각이 마음에 박혀

밥을 먹을 때에도
숨을 쉬며 걸을 때에도
뒤척이며 잠을 잘 때에도

베어낼 수 없는 가시처럼 쓰립니다

시간이 갈수록

아무것도 할 수 없어
아무것도 하지 않고

겨울 사과나무처럼 여위어갑니다

시간이 지나면 잊힐 줄 알았는데
기억을 지우면 사라질 줄 알았는데

겨울이 가면 봄이 오듯
잠을 깨면 눈을 뜨듯

가만히 있어도 눈물이 흐릅니다

꿈에라도 그대 한번 와서
가슴이라도 쓸어주면
잠이라도 청할 텐데

꿈에라도 그대 한번 와서
눈물이라도 닦아주면
숨이라도 편히 쉴 것 같은데

꿈에라도 그대 한번 와서
미소라도 지어주면
아픈 거 살면서 견디기라도 할 텐데

눈사람·1

겨우내
언제 올지 모르는 그대 기다리다
봄이 와서야
그대 오지 않음을 알았답니다
뒤늦게
돌아서 가려 하지만
마음은 모두 녹아
가벼운 공기처럼 이리저리 떠돌기만 합니다

눈사람·2

눈이 오면 태어나던 눈사람을
도시의 어디에서도 볼 수 없는 시절이다

연탄을 굴려 뼈대를 만들고
찰지게 하얀 살을 붙여
버려진 나뭇가지로 입과 눈을 달아주면
이 세상에 단 하나뿐인
나의 아버지, 어머니, 아이들이 생겨났는데

부족한 게 없이 자란 아이들은
옷도 없는 하얀 맨몸의 눈사람을
상상할 수 없는 시절이 온 듯하다

가만히 있어도
원하는 건 뚝딱뚝딱 만들어지는 시절에
무리이기도 하겠지라는 생각을 하면서도
씁쓸해지는 건

아마도 눈사람 속에 새겨진
순수한 빨간 심장 때문이 아닐는지

오늘은 내 마음에 작은 눈사람 하나
녹지 않게 빚어놓아야겠다

겨울을 보내며

봄, 그대 잠든 새벽
물안개 피어나는 산마루에 올라
겨울을 떠나보내고 왔습니다

돌아보지 말라고
미련 갖지 말라고
아무 말 하지 말라고

전해주고 싶던 단어들이
차가운 입속에 얼어 맴돌기만 할 뿐
그저 뒷모습만 보고 있었습니다

봄, 그대 깨어나기 전에
하얀 눈과 쌀쌀한 바람을 좋아한
겨울을 돌려보내고 왔습니다

지나고 나면
아리고 아린 시간도
용서할 수 있을 거라고

부족했지만 함께했던
추억은 놓지 말라고 등 뒤에서
마지막 불러보았지만
이미 꿈처럼 떠나버리고 말았습니다

봄, 이제 그대 눈을 떠서
지치고 여린 마음을 위로해주오

내가 겨울을 사랑했듯이
겨울이 나를 사랑했듯이

강가에서

깊은 겨울이여 이제 안녕
자유로운 검푸른 영혼 이제 풀려나와
그대에게 유유히 달려가네

모든 것을 안고
모든 것을 용서하고
모든 것을 사랑하며

작은 숨소리처럼 조용하게
변치 않는 노래를 부르며
묵묵히 그대에게 흘러가네

외로울 땐 햇살이 어루만지는 위로 받으며
슬퍼질 땐 꽃들의 향기에 취해
끝도 없는 시간을 걸어 걸어

그대에게 다가가 이제 문을 두드리네
그대에게 안기어 이제 단잠을 청하네

깊은 겨울이여 이제 안녕

수선화

살면서 사랑해야 할 것이 많지만
내 삶의 호수에 비친 내 모습을 사랑하지 않는다면
무슨 향기로 다른 사람에게 아름다울 수 있을까요

지상에 하나뿐인 거울 속의 내 마음을
볼 수 있는 사람도, 위로해줄 수 있는 사람도
그대 아닌 나인 걸 알기에

사는 동안 나는 나에게 가장 행복한 비밀을 가지고
웃기도 하고 울기도 하면서
쓸쓸하지만 따뜻하게 나에게로 매일 다가가 봅니다

감

이름 모를 깊은 가을 산골
빠알간 노을 알알이 익어
어디로 갈지 모르던
나그네 발길 붙잡네

나도 너처럼
겉과 속이 한결같아
보이는 대로
주어진 대로
묵묵히 살고 싶었는데

겨울이 오듯
아름답게 추락하는 은행나무 잎처럼
언젠가는 떨어져야 하는
운명은 거스르지 못하나 보다

어제부턴
예정 없이 차가운 바람마저 분다
마지막 잡은 손을 놓아야 할까

아직은 햇살이 그리운 걸 보니
살아 있어야겠다
내일까지는

안개에 대하여

아직 하얀 밤인가 보다

몽롱한 기억을 더듬어
한 발자국 한 발자국
조심스레 다가가 보지만

이 길이 내가 가야 할 길인지
이 길에 어떻게 들어서게 되었는지
이 길의 끝은 있는 것인지

술 취한 검은 밤보다 막막하다

겨울비처럼

이렇게 쓸쓸했을까

떨리며 떨어지는
차가운 눈물방울
핏빛 낙엽 위에 잠들듯

이렇게 아팠을까

소리 없이 하염없이
아무도 모르게
멍든 가슴 도려내듯

이렇게 그리웠을까

가을이 가면 다시는
사랑을 할 수 없을 것 같아
모든 것을 다 버리듯

이렇게 쓸쓸했을까

곰장어

탱글탱글
비엔나소시지처럼 툭하고
입안에서 터진다

씹는 내내
꼼지락 꼼지락
나는 더 살고 싶다고
발버둥이다

치열하게 산다는 건
치열하게 죽어가는 것

자정이 넘고
취한 겨울바람 앞에 서서
나도 모르게
발가락을 꼼지락 꼼지락

아직 살아 있어 다행이다

겨울은

사람이 그리울 때 그리운 사람보다
보고 싶은 사람이 그리워질 때

봄이 그리울 때 꽃보다
추억이 그리울 때

사랑이 그리울 때보다
행복이 아쉬울 때

그대를 잊기보다
나를 잊어야 할 때

오늘보다는
내일을 기다려야 할 때

겨울나무

아무것도 없이
다 내려놓고 나니

겨울 하늘이 더 많이 보이는구나

떨리지 않을까
쓸쓸하지 않을까 초조했지만

외로움도 달아 견디게 해주는구나

새들이 떠난 자리
낮부터 시린 바람 머물려 하지만

집 나온 달님 덕에 긴 밤도 아름답구나

누군가 봄을 기다리듯
누군가 사랑을 기다리듯

오늘은 햇살에 기대 겨울잠이나 청할까 보다

눈·1

눈이 오네 손 대도 녹지 않을 만큼 거리 위에 상념처럼 쌓이네
그리워할 만큼 마음 위에 내려 밤새워 누군가가 기다려지네
오지 않을 것 같아도 그대 오네 소리 없이 바람 없이 깊은 밤에
그대 만나면 눈이 멎네 그대 흘리는 하얀 눈물 덮고 잠이 드네

눈·2

그대처럼
말없이
가볍게 사는 것도
때론 아름답지만

소리 없이
바람에 날려
방황이 끝날 때까지

하염없이 쌓여온 하얀 그리움의 그림자는
지울 수도 지우지도 못하네

커피

이 세상에 하나뿐인
아버지가 세상을 떠나던 날
창밖으로 함박눈 내리고
아무 생각 없이
커피를 내렸습니다

붉은 갈색으로 물든
짙은 죽음 같은 내음이
콧속으로 들어와
아무 일도 없는 것처럼
하자고 속삭였습니다

입안에서 혀끝으로
전해지는 떨쳐버릴 수 없는
독성은 눈을 감으면
떠오르는 추억 하나하나
하얗게 지우고 있었습니다

목젖을 넘어가며
온몸을 따뜻한 갈색 피로
마비시키고 나서야
아버지가 보고 싶다는 걸
알게 되었습니다

시간은 멈추었고
아버지 얼굴이 까맣게 떠오르는
커피잔 속으로
떨어지는 눈물은
아린 겨울 지나
오지 않을 봄까지 흘렀습니다

성냥팔이 소녀

깊은 겨울 소녀의 머리 위로 눈이 날리네
성냥 사세요, 성냥 사세요
떨리는 목소리 바람에 묻혀 사라져버리고
걸을 힘도 없어 거리 위에 잠시 주저앉네

팔리지 않는 성냥
한 개비 피워 몸을 데우고
한 개비 더 피워 배를 채우네
그리고 마지막 개비로 보고 싶은 얼굴 불러보네

이 차가운 지상에서 벗어나게 해주세요
아름다운 기억 없는 삶으로부터
저를 데려가 주세요 어디로든
지금 바로

밤새 꿈을 꾼 소녀는 아침이 와도 깨어나지 못하네
얼어버린 가는 손 위에는 검은 재 한 움큼
그 곁을 지나다니는 사람들은
아무 일도 없는 것처럼 하루를 시작하네

겨울이 그렇게 울고 있네

연인

눈이 오는 그대 마음에
내 발자국 처음으로 남깁니다
세월이 흘러 그 위로 눈이 쌓이고 쌓여
누가 왔었는지 알아볼 수 없다 하여도
나는 사무치게 기억할 것입니다

눈이 오는 그대 아침에
짧은 겨울 햇살 아리따운 이마 위에 띄웁니다
부끄러워 가리고 가려도
붉게 물든 눈동자 위로 흘러나오는 촉촉한 미소를
나는 미치도록 그리워할 것입니다

눈이 오는 그대 겨울에
내게 허락한 시간 모두 드립니다
봄이 오면 그대 떠나 돌아오지 않겠지만
한순간도 후회하지 않았다고
나는 오랫동안 간직할 것입니다

그해 겨울의 마지막

아주 오래된 사랑이었을까
전생을 넘어 못다 한 아쉬움이 남아 있었을까

겨울 해는 저물어 나이처럼 사라지고
연약한 눈꽃은 바람에 날려가도

떨어지지 못하는 오래된 애증처럼
놓아주지 못하는 애련함이여

무엇이 살아온 세월을 이겨내고
살붙이 같은 그리움을 남기었는지

풀려 해도 풀리지 않겠지만
한 해 두 해 세월이 가면
그때야 견디어낸 것이

서로에게 흐르는 따뜻한 눈물이었다는 걸

이별하는 것이 두렵지 않은 나이가 되어서야
그해 마지막 겨울이 되어서야

잃어버린 사랑

달콤한 술에 취해
어젯밤의 애틋한 사랑 기억하지 못하면
사랑을 한 걸까 사랑을 잊어버린 걸까

얼굴만 붉어진
그대는 또렷이 떠오르겠지
사랑이었다고 잃어버리지 않을 거라고

아무 일도 없었던 것이 되진 않겠지
세월처럼 흔적처럼
남아 눈물 뚝뚝 떨어뜨리겠지

떠오르지 않는
어제의 사랑을 오늘 다시 기억해보려
오늘 또 한 잔 취해볼 수밖에

겨울바다

이제 한 걸음만 더 내디디면
수심을 알 수 없는 차가운 바다다
하얀 파도는 오래된 친구처럼 나를 반기고
상처 같은 모래 속을 뒤져 작은 조개껍질을
추억처럼 마지막으로 손에 꼭 쥐어본다

이제 뒤로 물러날 시간이 없다
먹먹한 가슴보다 시퍼런 겨울이다
정리하지 못한 것들은 미련 없이 버리고
버리지 못하는 것들은 아낌없이 지워
한순간이라도 자유롭기를

비록 돌아올 수 없어도 머무르지 않고
수평선 너머 어딘가로 떠나는 작은 배처럼
이 지상에서 후회 없었다고
이제 바다 안은 봄처럼 따뜻하다

2
봄

너는 무엇 때문에
소리 없이 문밖에 와
머물다 떠난 첫사랑처럼
그리워지는가

이별

이제야 떠납니다

떠나는 미련이야
없을 수 없지만
가난한 후회는 지우렵니다

어려울 때 같이 아파하고
외로울 때 같이 술 한잔 해주고
힘들 때 기꺼이 도와주던
시간을 고이고이 간직해두었다가

보고 싶어지고
불러보고 싶고
그리워질 때
한장 한장 미소 지으며 꺼내 보렵니다

이제야 떠납니다

눈부신 5월의 축복 받으며
뒤돌아보지 않고
한 걸음 두 걸음 내디뎌봅니다

늘 부족한 배려는 더 채우고
모자란 지혜는 잘 쌓아서

단 한 사람에게라도
아름다운 사람으로 기억될 수 있도록
살아가렵니다

이 지상에서
다시 그대와 만나는 날이
영영 오지 못하더라도
절대 슬퍼하지 않기를
마지막으로
그대에게 부탁하며
이제야 떠나렵니다

그대여
늘 행복하기를

봄비 오면

너는 무엇 때문에
눈부신 봄꽃을 시기하여
떨어진
꽃잎 위의 애틋한 향기마저
지우고 마는가

너는 무엇 때문에
잠 못 이루며
내린 눈물인 양
잊지 못하게
잊지 못하게
알알이
마음에 고이는가

너는 무엇 때문에
소리 없이
문밖에 와
머물다 떠난
첫사랑처럼
그리워지는가

너는 무엇 때문에
세월에 묻혀
더는 나아가지도

물러서지도 못하는
가난한 발걸음처럼
애틋해지는가

아마도

허름한 북수동 골목집
시큼한 막걸리 두어 잔 마셔봐야
알 수 있으리

봄비 그치는 늦은 밤까지

입술

사랑을 먹지 못한
초승달처럼

아무 소리 못하는
벙어리처럼

여름 햇살처럼
달아오른

지금 그 깊은
미소는

긴 하루를 견디어낸
행복입니다

휴대전화

너를 켜면 나는 나를 떠나 세상 속으로 들어간다
오늘은 너를 끄고 세상을 떠나 나에게 들어가 보련다

빨간 우체통에 봄을 담아

겨울에 쓰다 만 편지를 그대에게 띄웁니다
이제 봄이 오면 어디론가 떠나기 때문입니다

유채, 개나리, 달래, 연산홍, 자목련
가만히 떠올리면 기분 좋아지는
향기 따라 그대에게서 멀리멀리 달아나려 합니다

어디인지 모르지만
그리워할 만큼 떨어져
그리워하며 살 겁니다

무엇 때문인지 모르지만
모르는 척 담담히
아련하게 살 겁니다

빨간 우체통에 봄을 담은 편지가
그대에게 전해지면

고이고이 간직해두었다가

아무 미련 없을 때
아무 아픔 없을 때
아무 소리 없을 때

코스모스 피는 가을
높고 푸른 하늘 위로 날려 보내세요

어디 멀리서
아주 멀리서

행복한 미소 빨간 우체통에 담아
답장으로 보낼지도 모르니까요

그대에게 가는 길

시린 봄비 맞으며 천 리 길 그대에게 걸어갑니다
무슨 행복한 추억 있는 것 아닌데
무슨 아련한 그리움 있는 것 아닌데
가는 길 설레는 이유는 그저 그대이기 때문에

온종일 다가가 그대 한 번 얼굴 보며 미소 짓지만
더는 바라는 것 없이
더는 꿈꾸는 것 없이
말없이 함께하는 이유는 그저 그대이기 때문에

별빛 담근 술잔 뒤로하고 돌아오는 십 리 길
아무 후회 없이
아무 미련 없이
다가오는 봄처럼 따스해지는 건 그저 그대이기 때문에

손님

몇 해 못 본 매화가
올봄 그대 문을 두드리네

겨우내 시름시름
짝사랑 앓던 우리 누이
어린 개나리 입에 물고
아무에게나 농을 던지고

봄비라도 올까
먼 하늘만 바라보던 울 엄니
온종일 흥얼거리며
빈 그릇만 닦고 또 닦네

잠이 오지 않아
이리저리 뒤척이며
피꽃 같은 시 한 줄
비몽사몽 써질 때면

그대가 나를 기다리는지
내가 그대를 기다리는지

몇 해 못 본 매화가
밤새 그대 문을 두드리네

침묵

외로우면 외롭다고
아프다면 아프다고

겨울 지나 4월 와도
그대 깊은 강에 숨어 나오질 않네

한없이 기다리다
말없이 가버려도

오늘 지나 내일 되면
그대 없이 사는 것에 익숙해지듯

마음을 닫으면
마음만 멍드는 걸

알면서도 모르는 척
그대 잠긴 입술에 봄비 내리네

벚꽃 비

연분홍 빗방울
머리 위에 내려
그대 꽃이 되네

촉촉이 젖은 몸
종일 발갛게 달아올라
그대 향기가 되네

버거운 삶과 달콤한 죽음도
오늘은 잠시 잊은 채
그대 온전히 봄이 되네

그칠 줄 모르는 꽃비
그렇게
밤새 사랑을 그리며
눈물 흘리는 까닭을

그대는 모르는 척 미소만 짓네

이 봄이 다 질 때까지
이 꽃비 그칠 때까지

백목련

보여주기 위한 삶이 아닐진대
차라리 너는 아름답지 않아야 할 운명
보고 있어도 보고 싶은
환한 미소만으로도 숨을 멎게 하는 하얀 절정
봄이 너로 인해 꿈이 되고 사랑이 된다

낙화

한세상 한순간이더라
마지막까지 아름다우란다

4월이 가네

달곰한 4월이 가네
밤새 벚꽃 지듯
바람에 실려
저만치 가네

시집간 누이가
보고 싶은 4월이 가네
어릴 적
쑥 캐며 놀던 동산엔
산진달래 환하게 핀

4월이 가네

청보리 사잇길
그대와 말없이 걸으며
두 손 꼭 잡고
먼 훗날을 기약하던

4월이 가네

설레서 설레기만 했던
이루어질듯 이루어지지 않던
무언가 한 가지 늘 부족하던

4월이 그렇게 지네

하루

행복하기에도 부족하구나
사랑하기에도 부족하구나

떠나면 멈출 수 없어
가질 수 없는 걸 알면서도

그대 마음에 작은 흔적이라도
지워지는 줄 알면서 그리려는 건

지금이 마지막이라서란다
지금이 5월이라서란다

행복하기에도 부족하구나
사랑하기에도 부족하구나

카네이션

열 살 된 막내가
고사리 같은 손으로
붉은 심장을 하나 달아준다

쿵 쾅 쿵 쾅

말은 없지만
오래오래 사시라고
잘 키워달라고
빠지지 않을
작은 못을 가슴에 박아둔다

쿵 쾅 쿵 쾅

예쁜 심장 하나 얻었으니
삼백육십오 일은 잘 견디어낼 수 있겠지

박아놓은 작은 못은
이 세상 떠날 때
유리알 사리처럼
흔적이라도 되겠지

살면서 가슴 벅찬 일보다
아픈 일이 더 많다는 걸

붉은 꽃 한 잎 한 잎
스스로 떼어내야 한다는 걸

알 때까지
그때까지

붉은 심장 훈장처럼 달고
허허 웃으며 꼭 안아본다

사랑한다 아들아

검은 꽃
– 사우(死友)를 애도하며

푸르디푸른 5월 쪽빛 하늘 걸어 잠그고
검은 꽃 한 송이 빈방에 피었네

말도 없이 가슴에 매일 피멍 심어
소리 없이 목 놓아 흘린 잿빛 눈물로
사랑했던 사람들 하나 둘 입술에서 지울 때
사랑해야 할 사람들 하나 둘 미소라도 꼭꼭 담아
저 먼 강가에서 외롭지 않게 슬프지 않게

영글지 않은 작은 아이의 손안에
검은 꽃 한 송이 투명하게 피었네

박힌 가시처럼 살면서 쓰릴 때면
바람이라도 되어 따뜻하게 위로해주고
견딜 수 없이 시리고 시릴 때면
햇살이라도 되어 말없이 안아주길
저 먼 강가에서 바람 되어 햇살 되어

술 한잔 나누던 정든 사람들 마음에
검은 꽃 한 송이 지워지지 않게 피었네

그대에게 다하지 못한 마음 고이 모아
그대에게 들려주고 싶은 정든 소리와 함께
그대 언제든 놀러 오라고
저 먼 강가에 술잔 띄우네 마음을 보내네

닭발

손이 맵다 하지만 발은 더 맵다
살면서 못다 한 한이라도 풀려고
빨간 독기를 발가락 하나하나에 심어놓았나 보다
한입 입에 넣으면
가슴은 얼얼하고 입은 불바다가 된다
마주하고 있는 사람들이 있어
한 번 참고 두 번 운다
시원한 술잔에 빠져서야
내가 살아 있는지 안심이 된다
밤은 깊어가고 닭발은 아직도 할 이야기가 남은 듯
우리의 손을 꼭 쥐고 떨어질 줄 모른다
이제 내가 내려놓고 용서를 빌어야겠다

오월아

오월아 오월아
고운 연분홍 치마저고리에
가벼운 초록빛 고무신 벗고
드디어 시집을 가는구나

어디를 가든 잊지만 마라
어디를 가든 잊지만 마라

지난날의 아련한 언약일랑
하늘로 날려 보내고
가장 아름다웠던 미소만
마음에 간직하려무나

오월아 오월아
가버리면 몇 날 며칠
말도 못하고 속으로 울며
무슨 낙으로 살까 하겠지만

어디를 가든 잊지는 못할 거다
어디를 가든 잊지는 못할 거다

한없이 푸르게 뛰놀던 들판이며
종일 마셔도 배부르지 않던 햇살이며
가만히 들으면 노래가 되는 바람이며

너의 그리움
너의 사랑
너의 꿈을

이 밤이 지나면 영영 돌아오지 않겠지만
다시 돌아와도 네가 아니지만
너는 나다

나는 이 밤 그래서 이렇게
마지막으로 너를 내 곁에
잡아둔다

오월아 오월아

도배

처음 그녀의 발가벗은 몸을 보고
조금 흥분했다
그녀는 자신이 옷을 벗고 있다는 것도
모를 정도로 처참하게 의식을 잃고 있었던 것이다
군데군데 그녀의 찢긴 옷자락이 이리저리
나뒹굴고 있었고
시퍼렇게 멍든 자국이 내 눈 안에 아련하게 머물렀다

나는 우선 그녀의 눈동자를 들여다보았다
그녀는 전혀 움직임이 없었다
이리저리 흔들어보아도 그녀는 흔들리는 대로
울어대는 종소리처럼 가벼웠다

나는 그녀가 정신이 들어 자신의
벌거벗은 모습을 보아서는 안 될 것 같은 생각이 들었다
그래서 그녀의 원래 모습대로 해놓아야 하리라 다짐했다

울퉁불퉁 튀어나온 멍든 흔적을 평평하게 가라앉히고
이리저리 갈라진 살과 살을 보기 좋게 메꾸었다
그리고 흩어진 옷가지를 모아다 깨끗이 태우고
그녀에게 어울릴 만한 새로운 옷을 한 벌 준비했다

그녀에게 새 옷을 입히기 전에 그녀의 몸을 한번 매만져
보았다 그녀의 살결은 부드럽고 싸늘했다

그녀에게 어울릴 만한 옷을 고르면서 나는 그녀가 깨어나서
미소를 짓는 모습을 떠올렸다

그런데 불현듯 그녀가 깨어나
'당신은 누구죠' 라고
묻기라도 한다면 나는 무슨 말을 어디서부터
해야 할 것인지 걱정이 되었다
설령 무슨 대답을 해도 그녀는 믿어줄 수 있을지

나는 그녀에게 옷을 입혀주었다
속옷에서부터 원피스까지
그녀에게 옷을 다 입힌 후 나는 그만
너무 피곤한 나머지 잠이 들어버렸다

햇살이 눈부시게 내게 달려와
나를 깨웠고 나는 눈을 뜨자마자
그녀를 들여다보았다
햇살을 받고 있는 그녀의 모습이
너무나 아름다워 보였다

그녀는 아직도 잠에서 깨어나지 못하는 듯했다
나는 그녀의 입에 입맞춤하고
다시 잠을 청했다
그로부터

몇 년이 지나도 그녀는 깨어나지 못했다
내가 그 방을 떠날 때가 되어서야
나는 그녀가 나와 오랫동안 같이 잠을 자고
있는 이유를 알게 되었다
그녀는 자신의 과거에 대해서
다시금 떠올리지 않기 위해서
나는 그녀에게 어떤 슬픈 기억을
남기지 않으려고 그녀를 깨우지 않았던 것이다

그렇게 우리의 사랑은
서로의 비밀을 간직한 채 끝이 났고
그녀는 홀로 남아 새로운 누군가를 맞을 꿈을 꾸고 있다

예감 · 1

그들은 마치 빵을 배급받는 거지들처럼
한 명씩 한 명씩 성전의 단상 위로 올라가
축복의 기도를 받고 내려온다

표현할 수 없는 엄숙한 얼굴을 하고
한 해 동안 지켜야 할
말씀을 하나씩 제비뽑는다

조금은 황홀해하면서
조금은 아쉬워하면서

눈물을 흘리며 씨를 뿌리는 자는 기쁨으로 거두리로다

마치 깊숙한 산골 선방의
도승에게서 건네받은 부적처럼
그들은 시편들을 마음 안에 새긴다

천 년이 지나도
절대 지워지지 않는 문신처럼
아무도 풀지 못하는 신비한 주문처럼
밤새 하나의 향이 되고 영원한 노래가 된다

그리고 아침이 오면 그들은 인생을 예감하기 시작한다

마치 그들이 우주인 듯 나비인 듯 꿈인 듯

예감·2

이제 우리는 달리는 열차의 창문을 닫도록 합시다
창밖의 풍경들로부터
오래전부터 보아왔고 들었던 세상의 영상으로부터
하나 둘 밤이 되면 반딧불처럼 피어나는
마을의 손짓으로부터
이렇게 눈이 내리는 겨울이면 더욱 그리워지는
산과 들과 강과 호수와 외로운 달빛으로부터
아득히 수많은 그리움을 보내는 바람으로부터
얼어 죽은 사과나무로부터
보이지 않는 꿈으로부터
바깥의 바람으로부터

그리하여
그대의 내부에 울려나오는 신비스러운 비밀의 경적 소리와
길을 알리는 투명한 표지판을 바라볼 수 있도록
앞을 내다볼 수 없는 눈보라 긴긴 고통 속에서도
결코 새들의 경고 소리를 놓치지 않도록
그대 곁에 잠든 이웃들이 모두 눈꽃이 되고
세상의 사랑스러운 아가들이
부끄럼 없이 발자국을 남기도록

이제 우리는 내 안의 닫힌 모든 창문을 열도록 합시다
녹슨 언어의 나사못을 빼어내고
뿌연 의식의 유리를 저 멀리 날려 보내며

낡아빠진 습관의 창틀을 불태우며
마음을 졸이던 자물쇠로부터 벗어나
창을 지탱하던 커다란 벽마저 허물없이 무너지도록

그리하여
하나의 미물이 이 깊은 밤에 울며 태어나도록
수천 개의 꽃씨들이 아름다운 마당 위에 쌓이도록
노래 부르지 못하는 벙어리는 춤을 추고
기다리기에 지친 영혼은 잠을 자도록

눈이 모든 것을 용서할 때까지

눈이 모든 것을
용서할 때까지

청평사 가는 길

청평사 가는 길 세상살이 오르막처럼
한참을 쉬어 다다랐네

얼어붙은 나무 사이 법화경 읽는 소리
맑은 샘물 수천 년 그 자리에 살아남는데

무엇이 이리도 나를 밀어내는가
무엇이 자꾸자꾸 나를 몰아내는가

예가 사람이 머물 곳이 아니라면
길은 어디서 다시 시작하는가

저 강 위에 피어나는 연꽃처럼
하늘밖에 갈 곳이 없는가

사람이 하늘이면 만물이 모두 그 안에 있는 법

싫으면 싫은 대로
좋으면 좋은 대로

마음 따라 발길 따라 그저 떠날 뿐

하여
세월은 흐르고 그림자도 잊히더라

3
여름

젖은 대지 위에 스며드는
빗방울 울음소리
가는 길 위에 뚝 뚝 떨어지는
발자국 되어서야

한 걸음 물러나

한 걸음 물러나 보면
발아래 숨어 있던
작은 풀잎이
고개를 듭니다

들리지 않고
보이지 않던
지상의 비밀들이
한둘씩
열리고

어수선한 하늘 위론
하얀 소음 구름만
가끔 지나갈 뿐

미동도 없이
한 걸음만 물러났을 뿐인데
삶은 기다렸다는 듯이
조용한 안식을 선물합니다

이제 물러나 내려놓은
한 걸음
한 걸음 위에서
또 다른 길을 봅니다

선택

무언가를 택하는 건
무언가를 내려놓는 것

내려놓아도
내려놓을 수 없는 건

나의 오래된 추억
나의 보잘것없는 꿈
나의 애틋한 사랑들

무언가를 택하는 건
무언가를 끌어안는 것

몸에 잘 맞지 않아도
여러 번 위로하며 견뎌내야 하는 것

무언가를 택할 수 있는 긴
내가 살아 있다는 것

살아 있어서 그 길 위해
나와 당신이
지워지지 않는
행복을 쓰는 것

내려놓건 끌어안건
내가 무엇을 택하는 건

지하철

지금 하나뿐인
삶의 열차가
들어오고 있습니다

한 걸음 물러나셔서
짧지만 아름다운 시간을
가지시기 바랍니다

삶은 절망과 희망을
사이에 두고 있어
늘 불안하오니
어느 쪽으로 발을
들여놓을 때 주의하시기 바랍니다

이번 역은 사랑입니다
내리실 때는 두 손 꼭 잡고
함께 내리셔서 부디
오래오래 견디기를 바랍니다

다음 역은 이 열차의 종착역인
죽음입니다

윤회를 믿거나
십자가가 그리운 분들은

중간에서
갈아타실 수 있는
선택권이 주어집니다

아무 흔적이 없이
아무 믿음이 없이
가실 분들은
흔들리지 마시기 바랍니다

내리실 때는
삶에 남겨진 것들을
잘 정리하시고
후회 없도록
주위를 다시 한 번
뒤돌아보시기 바랍니다

살아 있는 동안
행복했습니다
편안히 가십시오

명동에서

여름 햇살이
눈부신 이유는
바로 바라볼 수 없어서
랍니다

충만한 대지는
당신 앞에 붉어진
얼굴처럼 타오르고

숨 막히는 숨소리는
삶에 긴 여운을
남기며
마음을 다스립니다

정수리에 내려앉은
눈빛은
길이 됩니다

사랑할 수 있으면
사랑할 수 없다는
이유를

뒤로하고
밤은 저물지
못합니다

오늘 명동은
한여름처럼
앞이 보이지 않습니다

장마

짧은 인생처럼
끝나지 않을 것 같아도
언젠가는 멈추겠지

눈이 부신 햇살을 기억하며
오늘의 축축함쯤이야
견딜 만한 것을

별이 보이지 않는 밤이 오면
따뜻한 사람들과
소주잔이라도 부딪치며

잊혀지지 않고
끈질기게
사는 방법을
너에게서 한 수 배워보련다

어느 샐러리맨의 여름

땀이 이마를 지나 대지로 낙하한다
주저앉고 싶어 몇 번이나 숨을 고르지만
햇살은 가차 없는 형벌을 멈출 줄 모른다

아내의 미소 담긴 촉촉한 손수건이
종일 견디어내지만
달아오른 아스팔트는 녹아
오 년 된 구두 밑을 용암처럼 핥는다

왜 이리 견디어야 할 하루는 길까
왜 이리 가야 할 길은 멀까

거리의 가로등 하나 둘 마실 나와서야
고객 리스트 위에 떨어지는 투명한 핏방울이 멎는다

기다리는 한여름의 버스는 오지 않고
꾸벅꾸벅 졸다 전화 벨소리에 세상으로 돌아온다

'시원한 수박 먹고 싶어요 아부지'

한 손엔 수박 반 통, 한 손엔 젖은 손수건
여름이 퇴근한다

중독

슬프다 사랑할 사람이 그대뿐이라서
외롭다 기다릴 사람이 그대뿐이라서
힘들다 함께할 사람이 그대뿐이라서

용서한다 그대에게 무슨 일이 있어도
또 용서한다 그대에게 나쁨이 없으므로
한 번 더 용서한다 그대는 내가 되었기 때문에

아프다 그대만큼 사랑하지 못해서
시리다 그대만큼 위로하지 못해서
아리다 그대만큼 행복하지 못해서

기다려본다 나를 잊고
또 기다려본다 그대 오는 소리 꿈꾸며
한 번 더 기다려본다 내가 그대가 될 때까지

여름비

오지 않을 사랑처럼 바라만보다
마음속 다 타고 나서야 오려는가

기대하지 않고 사는 건 견딜 만하지만
잊어버리고 사는 건 아무래도 힘에 부치네

오늘이나 내일이나
푸른 하늘 사이로 미안하다 눈물 한 방울 보내주면
목이라도 축일 텐데

매정한 여름이여
사랑이 없다 너에겐

이제 나도 너를 버리련다
이제 나도 너를 잊으련다

비의 연가

누군가는 기다리면 올 것이라 믿고
누군가는 기다리지 않아도 와야 할 운명이라 믿고
누군가는 기다리지 않고 잇고 살다

갈라진 입술 위 떨어진 빗방울 한 송이에
전율하는 목마른 나무를 보고서야

누군가에게 기다리는 건 행복이라는 걸
누군가에게 기다리지 않는 사랑은 달콤하지 않다는 걸
누군가에게 사는 이유인 걸

이제 애써 오지 않아도
흔들리지 않고
눈 감고 꿈을 꿀 수 있는 걸

젖은 대지 위에 스며드는 빗방울 울음소리
가는 길 위에 뚝 뚝 떨어지는 발자국 되어서야

비닐우산

인생처럼
예정 없이 소나기 내리고

점심도 거른 채
작은 비닐우산 받쳐 들고
학교 앞 정문에 몇 시간이고
손자를 기다리시던 우리들의 할머니

"배고프자? 퍼떡 가자"
"뭐 사줄 긴데"
"뭐든 다 사주꼬마"

비가 와서 좋은 게 아니라
누군가 말없이 기다려주어서 좋았던 시절

할머니는 비 오는 날에도 파란 하늘을
보여주고 싶어 투명한 비닐우산을 펼쳐주셨나 보다

나이가 들고 모든 것이 애틋해질 때쯤이면
나도 누군가를 위해 한없이 기다려줄 수 있을까

비닐우산 하나로 세상을 다 안아주신 할머니처럼

오늘 비닐우산 속의 파란 하늘이 그리워진다

꼬막

후드득 후드득
깊은 여름 창 두드리는 소낙비에 놀라
집 나간 옆집 누이 돌아왔나
문틈 살며시 열어보면
바다 내음 가득한 물결무늬 흰 외투를 벗고
붉은빛 노란 속살 살포시 내보이던
첫사랑 순이가 떠오르네
한 번뿐이었던 달콤한 입맞춤도 느껴지고
풋풋한 진흙의 순수함이 담긴 조그마한 손도 만져지네
마음을 가진다는 건 마음을 미리 내어주어야 한다는 걸
그렇게 헤어져서야 아는 까닭에
깊은 밤은 멈추어 외로운 술잔만 채우게 하네

호수정원

여름 달빛 맑은 호수 위에 얼굴 내밀면
싱그런 연꽃 위에 사랑은 피고

하늘 담은 호수 위로 촛불 하나 더 피우면
꺼지지 않을 작은 행복 말없이 타오르네

계절이 깊어갈수록
누구는 호수길 거닐며 무거웠던 삶을 내려놓고
누구는 바람 소리 들으며 시를 노래하고
누구는 하하 호호 웃으며 잊지 못할 정을 담겠지

세월이 흘러 모든 것이 아스러져도
아름다운 호수정원 위에 머문 흔적들
별똥별처럼 하나 둘 박혀
그대의 마음에서 영원히 지워지지 않겠지

사랑이고
추억이고
행복이었으므로

한탄강

삼백오십 리 굽이굽이 흘러 너는 어디로 가느냐
천하비경 삼구계곡 고석정에 올라 한세월 살고프구나
가야 할 길이야 그저 가면 되지만
가지 말아야 할 길 돌이키는 건 세상살이처럼 쉽지 않더라
오늘은 모든 것 잠시 내려놓고 너에게 안겨본다

미숫가루

입맛 없고 땀 뚝뚝 떨어지는 폭염 속
학교 갔다 오면 어머니가 얼음 몇 조각
띄워 사발에 담아주던

너무 묽게 타면 싱겁다고 투덜대고
너무 뻑뻑하면 번거로워 투정부리던

동생 몰래 장남이라고 아침에도 어여 먹으라고
챙겨주시면
무슨 보약처럼 다 핥아 먹으며 속으론 뿌듯해하던

먹을 것이 너무 많아 맛을 다 잃어버린
어린 아들에게
너도 한 번 먹어보라 하면
무슨 똥 같아 하곤 피하고 마는

세상 사는 일처럼 잘 섞이고 어울려야 제맛을 내는
너를 이제야 이해하는 거 보니
나도 너처럼 겉으로는 알 수 없는 시절이 되었나 보다

이 여름 지나야 누구에게나 속 깊은 맛을 주려는지

폭염

뜨거우면 어떠냐
견딜 만한 세월이다

숨이 차면 어떠냐
가슴은 아직 벅차다

땀이 흐르면 어떠냐
사랑할 사람들이 있는데

한여름 오늘이면 어떠냐
가을 같은 내일이 있는데

휴가

잠시 그대를 떠나봅니다

그대가 얼마나 사랑스러운지
그대가 얼마나 그리워지는지

잠시 떠나 그대를 잊어봅니다

깊은 산 속에 숨어 연(緣)도 끊고
한여름 밤 별빛 등불 삼아
밤새도록 자문자답을 나누어보렵니다

몸서리치도록 외롭지 않을 만큼
참을 수 있을 만큼 만족하게
멀어졌던 나에게로 떠나보려 합니다

끝도 없는 시간이 되겠지만
내 안에 내가 보이지 않게 되면
그때 그대에게 돌아오려 합니다

그대도 나를 떠나 그대에게 가지 않으렵니까

벗

삶에 처진 아랫배 나온 마흔이 되어서야
벗이 참 좋다는 걸

사는 것이 참 한순간이다 알게 되어서야
벗이 곁에 있다는 것이 행복인 줄

비 오는 날 아무도 없이 쓸쓸해져서야
벗이 따라주는 술잔이 위로인 걸

봄 여름 가을 겨울 변하고 변해도
벗은 강처럼 말없이 걸어가 주는 그림자인 걸

내일보다는 오늘 하루하루 소중한 나이가 되어서야
벗이 참 고맙다는 걸

태풍

그런 사랑이었는지 모르지

알 수 없는 운명의 바다 속에서 태어나
정점의 하얀 포말로 사라지는 한 순간까지
활활 타오르는

그런 사랑이었는지 모르지

비처럼 울고
바람처럼 아파해도
지나고 나면 쓸쓸한 추억으로만 남을

그런 사랑이었는지 모르지

다가오면 두렵고 떨리다
저 멀리 떠나서야
아무 일도 없던 것처럼 허해지는

그런 사랑이었는지 모르지
그런 삶이었는지 모르지

부끄러운 호수

내가 내 얼굴을 들여다볼 수 있을지
내가 내 마음에 살며시 미소 지을 수 있을지

대답은 할 수 없지만
이미 하늘은 알고 있겠지

내가 얼마나 다른 길 위에서 헤매는지
내가 얼마나 많은 이름과 이별을 했는지

누군가 돌을 던져도
아무 말 없이 고개만 끄덕이는 이유를

안개에 대하여

내가 잃어버린 말들에 대하여 혹은
내가 이루지 못하는 꿈들에 대하여
마지막 운명에 대하여
거리에 쏟아지는 표정에 대하여
자유롭지 못한 걸음걸이에 대하여
만나도 이야기할 수 없는 시간의 강에 대하여
벗어버릴 수 없다고 체념하는 수줍은 눈짓에 대하여
서러운 사슴에 대해 아무도 생각하지 않는 아름다움의 비극에 대하여
어머니가 결혼하고, 돈을 벌기 위해 술을 파는 누나의 죽음에 대하여
자유로운 날개에 대한 반역에 대하여, 막막한 살길에 대하여
보이지 않는 영화의 거리에 대하여, 언어의 작은 집에 대하여
무한한 일상으로 통하는 가벼운 관념에 대하여
신의 조그마한 질투와 노래할 수 없는 인간의 마음에 대하여
지하철과 무덤의 공간에 대하여
사랑이란 마술에 대하여, 존재하는 이유에 대하여
조용히 살아갈 수 있을까에 대하여
쉽지 않을 길에 대한 상징과 안개에 대하여
로베르트 발저에 대하여
퐁네프의 연인들과 쥘리에트 비노슈에에 대하여
거지가 쓰다 만 소설과 산소마스크를 쓴 시에 대하여
어디로 가야 할지를 아는 그리스도와
사랑하는 사내들과 그녀에 대하여

안개 속 바다

드디어 바다까지 걸어왔다
사늘한 기억의 저편에서 돋아난 우울한 종기를
떼어내려고 설니(雪泥) 속을 헤쳐 알몸으로
흔들거리는 언어들마저 해변에 버리고
마음에 남아 있는 얼굴들은 저 멀리 사라진다

어느새 나는 하나의 검게 그을린 어둠이 되고
바람이 나를 지나치고 빛도 나를 비켜간다

태초에 내가 태어난 곳으로
안개의 눈이 스스로 잠을 청하는 곳으로

눈물은 불꽃이 되어 조개 속에 잠든다
떠나가는지도 모르고 어디에 머무는지도 모르는 채

하나의 물방울이 되고 하늘이 되고 우주가 된다

권총

수천 명의 사람들이
이렇게 가까이에서 아무 말도 없이 스쳐 지나갈 수 있을까
지나가면서 미소 하나 남김 없이 서로에게 수천 년의
거리를 남기고
버스 속으로 가볍게 무리가 되어 떠나갈 수 있을까, 잠이
오지 않는 겨울
찬바람처럼 지탱하기에 황당한 몸만 남긴 채 영상은 영
상의 세계로 사라지듯
그렇게 무섭게 모른 척한다, 아무하고도 이야기하지 못
하는 얼굴이
수천 개의 부끄러운 가면 속에 떠오른다, 아마 그들은
저 주머니 깊숙이
권총 하나씩을 숨기고 다니나 보다, 누군가 말을 걸면
사정없이
쏘아댈 것이다, 언어는 총알처럼 무섭다, 문득 내 오른손에
두서너 개의
총알이 잡힌다, 내가 아는 사람들에게 혹은 거리를 지나다
만나는 첫 번째 사람에게 물어볼 것이다
나를 쏘아주시오, 아주 새로운 권총으로, 내 정수리 한
가운데를

몽산포에서

몽산포에서 비를 맞으며 백사장을 걷고 있을 때
사람들이 우리 주위에서
일상적인 비밀을 행하고 있었다

조개를 굽는 사람, 물장난을 치는 사람
말없이 바다를 보는 사람, 새로운 삶을 계획하는 사람
돈을 걱정하는 사람 그리고 자기의 과거를 돌아보는 사람
사랑을 확인하고 생각을 정리하고 하늘의 햇살을 기다리고
아주 먼 나라를 생각하고

나와 내 곁에서 사랑이라는 이름으로 잠을 청한
그 사람도 무엇인가를 염려하고 갈망하고 바라며

그들 모두는 이제 막 시작된 영화를 지켜보는 관객들처럼
그렇게 무엇인가를 기대하면서 서로의
이 낯선 시간을 어울리려고 애쓰고 있다

바다라는 영화 앞에서 우리는 숨을 죽이며
울고 웃고 손뼉을 치고 놀란다

이 끝나지 않을 영화 앞에서
누구는 자리를 비우고
새로이 자리를 채우고

삶이 무엇인지 알려 해도 모르지만
아직도 우리에겐 이 순간이
이처럼 아름다울 수 있을까 고개를 갸우뚱할 뿐이다

호랑이와 고양이

흰 벽에 호랑이 그림을 걸어놓고 사글세 사는 고양이가
어느 날 이 그림을 어디서 가지고 왔는지 궁금해서 이런저
런 생각을 하다 보니 누군가 버리고 간 것을 자기와 비슷
하게 생긴 것이 듬직하게 보여서 자기도 언젠가는 저렇게
커다랗게 자라겠지 하여 거울 삼아 가져온 것이라고 그날
부터 쓰레기통을 뒤져 알차게 배를 채우는지라 갈수록 몸
이 커지고 힘이 나더니 한 날은 어릴 때부터 함께 지내온
이웃 고양이를 만나 얘기를 하는데 이 그림 이야기가 나온
지라 아 이놈이 기를 죽이는지라 '너는 저런 모습이 될 수
없어 저런 튼튼한 이를 가질 수 있다고 생각해? 너의 손자
의 손자가 태어나도 그럴 수는 없어 쓸데없는 생각 말라고
이 바보야' 이럴 수가 그의 말이 그럼 직해서 이 고양이가
그 후론 이 호랑이 그림을 돌려놓고 시무룩하게 지내더니
몸이 점점 약해지고 먹는 것도 시원치 않더니 그해 겨울을
넘기지 못하더라 여기저기서 그를 아는 친구들이 와 장례
를 치르는데 한 고양이가 집 안에 돌려져 있는 그림을 돌
려보니 아 그림에 죽은 고양이가 호랑이처럼 크게 그려져
있는 것이 아닌가 금방 호랑이를 잡아먹은 듯 입안에 미소
를 머금은 채 모두 놀라 그 방에 있던 친구들이 모두 달아
나고 그 후론 그 방에 다시는 오지 않더라

4
가을

자고 일어나면 가을 같은 그대가
내게 속삭이죠
지금 눈을 뜨세요
찬란한 햇빛과 넉넉한 바람이
새벽부터 기다리고 있었답니다

이사

이십여 년 동안 살아온 삶의 짐을 정리해서
이제 그대의 마음으로 이사 가려 합니다

누구도 알지 못하는 내 마음의 지하 창고에
숨겨둔 감정과 슬픔과 추억과 기쁨의 상자들을
태우고 버리고 혹은 또 다른
상자에 숨겨 그대의 밝은 방 안으로 이사 가려 합니다

무엇을 하나 더 가져가기보다
무엇인가 하나 더 버려
그대의 마음속에 짐이 되지 않으려고 합니다

그대가 그대의 마음을 비우고 마련한 빈방을
나는 내 것으로 채우기보다
그대가 버리고 싶은
마음의 아픔과 고독과 상처의 흔적을 도배하려고 합니다

그리하여 이 지상 끝날 때까지
그대는 나에게 나는 그대에게
서로의 빈방이 되고 싶습니다

여름을 보내면서

너에게 무슨 미련도 두지 않으련다
지리했던 장마의 애달픔도
뜨거웠던 태양의 입맞춤도
한순간 화려하게 타올랐다 사라지는 폭죽처럼
즐거웠을 뿐이라고

너에게 무슨 그리움도 남기지 않으련다
조금도 참지 못해 발개지는 너의 두 뺨에
내 차가운 손을 비비면서도
마음은 늘 눈을 감고 서늘한 바람 소리를 간음(姦淫)했던
한낮을 이제 지워버리련다

그리고 이제
너에게 지친 모두에게 용서를 구할 만큼의 사랑이 아직
남아 있다면
잊지 말고 저 푸른 가을 하늘에 안기거라

사랑은 사라져야 완성되고
삶은 기다려야 행복해지는 걸
너의 다 타버린 뒷모습을 보면서

우리는 이제 서늘한 가을의 창을 조금 열어보련다

가을이 오면

가을이 오면
누구나
무어라
수식할 필요 없이
그저 좋아라 한다

눈부시지 않은 하늘은
온종일 지친 그대를 위로하고

무거운 머리 위로
스치고 가는 바람은
오랜 친구처럼 다정만 하다

가을이 오면
누구나
시인이 되고
사랑이 되고
꿈이 되는 건
무슨 이유가 없나 보다

문을 열면
곱게 물든 낙엽이
오랜 세월처럼 느껴지고

깊은 밤
잠을 뒤척이며
라이너 마리아 릴케를 떠올려도
부끄럽지 않은

기대하지 않았던
그리움도 행복하게 기다려지는

그래서
누구나 가을을 그리 기다렸나 보다

그래서
누구나 가을을 사랑하나 보다

가을의 끝

이제 당신을 보내야 할 때가 되었네요
눈부신 햇살만큼 멀리서 바라만 보아도 행복했는데
두 손을 잡으면 파랗게 퍼지던
하얀 미소도 보고 싶어지겠죠

이제 당신을 잊어야 할 때가 되었네요
쓸쓸히 써내려간 유서 같은 낙엽을 하나하나 읽으며
아름다웠노라고 그래서 후회 없다고

이제 당신이 다시 돌아오기를 기다릴 때가 되었네요
오지 않을 만큼 멀지만
사랑할 수 없을 만큼 아프지는 않기에
이 마지막 밤 따뜻한 촛불 하나로 세월을 견디어봅니다

택배

한여름 지나서야 당신에게 보낼 수 있게 되었네요
오랫동안 간직해오던 푸른 하늘과
눈 감고 들으면 서늘해지는 바람과
성숙해진 국화며 여유로운 코스모스까지
차곡차곡 상자에 담아 오늘 아침에 보내게 되었네요

오래 기다리셨다면 도착할 때까지 조금만 더 참으세요
기다린 만큼 더 행복해질 수 있어요
상자를 열면 그동안의 힘겨움을 모두 잊게 될 테니까요

당신이 아주 먼 나라로 떠나셨거나
기억하지 못할 병에 걸려 반송되면
제가 고이 간직해두었다가
작년에 모아둔 갈색 낙엽 담아
마음이 가난한 사람들에게 나누어드릴게요

오늘 당신도 누구에게 가을을 선물로 보내지 않으렵니까?

선물

지금 내가 그대에게 줄 수 있는 건
향긋한 바람도
찬란한 햇살도
푸르른 하늘도
포근한 눈송이도 아니랍니다

지금 내가 당신에게 줄 수 있는 건
따스한 눈빛
행복한 미소
정직한 입술
사랑하는 마음뿐

당신이 내게 줄 수 있는 것이 아무것도 없어도
내가 당신에게 무엇인가 줄 수 있다는 것
이 또한 행복입니다

오늘 당신에게 나를 실어 보냅니다

가을

이렇게 행복해도 되는 건가요

자고 일어나면 가을 같은 그대가
내게 속삭이죠
지금 눈을 뜨세요
찬란한 햇빛과 넉넉한 바람이
새벽부터 기다리고 있었답니다
가식적인 옷은 가볍게
무거운 마음은 모두 비우고
아름다운 숲으로 산책을 함께하세요
코스모스 향기를 따라
발길 가는 대로 가다 지치면
오미자 나무 밑에
누워 작은 시집을 읽고
한세월 잠시 잠들어 푸른 꿈도 꾸어보세요

서쪽 하늘 노을 질 때
돌아오는 길은 빈손이지만
오늘 하루 잊지 못하게
오늘 하루 사랑했다고

이렇게 행복해도 되는 거지요

가을 전어

어디론가 떠났던 사람은 왜 깊어가는 가을에 돌아왔을까

모든 것이 얼어붙는 겨울이 오기 전
어수선한 봄을 지나
지치고 힘든 여름을 뚫고
모든 것이 용서되는 가을이 되어서야 돌아온 까닭은

석쇠에 검게 그을리며
이리 뒹굴고 저리 뒹굴며
인생을 다 살아본 전어처럼
누군가에게 아작아작 씹혀도
낙엽처럼 바삭바삭 소리 내며
웃어버리는 가을 같은 슬픔을 알게 되어서일까

이제 빨간 석쇠에 남은 건 단 한 마리
돌아올 사람을 위하여
언젠가는 돌아와야 할 사람을 위해
남겨두고 떠나야지

어디론가 떠났던 사람이 또 다른 가을을 맞이할 때까지

보름달

그대를 보며 무언가를 바라는 일이 부끄러워지는 건
그대 안에 누가 사는지 궁금하지 않은 나이가 되어가고
있다는 걸

그대 안에 쌓인 하얀 망울이 아린 고름처럼 손에 잡히면
그대를 보며 무언가를 기대하는 일이 낯설어지기 시작
한다는 걸

그대가 늘 등 뒤에서 나를 바라보는 것도
그대를 보고 싶을 때만 보는 나에겐 부담스러운 일인 걸

그대에게 걸어가는 일이 이제 번거롭고
그대를 그저 가끔 기억하는 것으로 만족해야 한다는 걸

그대는 이제 나를 지우고 나는 그대를 떠나고
가을은 그렇게 마지막 하얀 밤을 지새우고

가을 편지

깊어가는 가을을
그대에게 보내려는데
그대가 사는 곳을 모르는군요

은행나무 잎 위에 '가을'이라고 적어놓고는
푸른 하늘만 멍하니 바라보네요

살면서 기억해야 할 것보다
잊어야 할 것이 많은 까닭인 줄 알면서도

써지지 않는 편지지를 손에서 놓지 못하는 건

담을 수 없는 가을 때문인가요
보이지 않는 그리움 때문인가요

부디 그대 사는 어딘가에도
오늘 같은 가을이 함께하기를

칠장사

알 수 없는 삶을 뒤로하고
황금빛 은행나무를 따라
천 년 전 가을 속으로 숨어봅니다

어느 길이든 오르는 길엔
수고가 더하지만
마음은 풍경 소리처럼 가벼워집니다

푸른 하늘 먹고 사는 나옹송
떠날 때까지 말없이 안아주고
소리 없이 울고만 있던 범종각
나지막이 불경 소리 바람에 들려줍니다

하루를 보냈을 뿐인데
천 년이 지난 듯

머리 위에 세월의 낙엽 쌓이고
눈썹은 붉게 타버립니다

삶이란 아름다운 한순간인 걸

천 년 전에도
천 년 뒤에도
칠장사 깊은 가을은 그렇게 촉촉이
물들어 있을 겁니다

낙엽

지상에 내려와서야

그리워한 만큼 그리워할 수 있어
행복했다고

떠나야 할 때 떠날 수 있어
다행이라고

아무도 모르게 사라져도
누군가에게 물거품처럼 잊혀지는
아픔만큼은 아니라고

돌아보면 무언가를 바라며
그토록 매달려
사는 것 참 부질없다는 걸

지상에 내려와서야
공기처럼 가벼워지는 이 마음
깊어가는 가을바람 타고서야
저 멀리 하늘로 날아갈 수 있다는 것을

가을에게

당신을 만난 지 얼마 되지 않았지만
당신을 매일 보는 것이 너무 행복했답니다
당신이 아침이면 들려주던 작은 바람 소리를
당신이 무료한 오후에 나누어주던 싱그런 햇살을
당신이 늦은 밤마다 전해주던 포근한 공기를
당신을 멀리 떠나서도 잊지 못할 겁니다
당신을 만나서 나누었던 꿈같은 시간을
당신과 나누면서 웃고 울고 따뜻했던 기억을
당신에게 말하지 못하고 속으로 앓던 아픔을
당신이 가는 이제야 그저 고맙다고 감사하다고
당신이 가진 푸른 하늘을 많이 보지 못하겠지만
당신이 가꾸던 형형색색의 아름다운 나무들도 잊히겠지만
당신이 지녔던 향기와 숨결은 지우지 않고
당신이 그리워질 때 꼭 꺼내어 보렵니다
당신과 마지막 밤은 하얗게 지새우고
당신이 일어나기 전에 먼저 떠나렵니다
당신을 보면 떠날 때 약해질까 두렵고
당신을 보면 곁에 있어도 보고 싶어져서
당신보다 당신을 더 사랑하는 이유 하나로
당신과 깊은 작별을 고합니다
당신을 사랑합니다

- 가을이

131

가을 소풍

나이 들어
어디론가 떠나
모든 것을 벗어놓기 쉽지 않은데

서로 말하지 않아도
발갛게 물들어주는 단풍처럼
모든 것을 내려놓기 쉽지 않은데

바라만 봐도
고개 끄덕이는 갈대처럼
모든 것을 같이하기 쉽지 않은데

사람이 좋아서일까
사랑하는 마음이 있어서일까
무얼 바라는 마음이 없어서일까

아니 아닌 게지
아무 생각도 들지 않는 가을이라 그런 거야
그저 머물고 싶은 가을이라 그런 거야
가면 오지 않을 가을이라 그런 거야

지금은

지금은

시가 팔리지 않는 시절
시를 읽지 않는 시절
시를 쓰는 게 부끄러운 시절

그래도

시를 써야 하는 시절
시를 쓸 수밖에 없는 시절
시를 꼭꼭 묻어두어야 하는 시절

지금은

아르반의 고백

아주 먼 옛날 그라시아라는 나라가 있었어
이름도 모르는 나무들이 나라 전체를 뒤덮고 있어서
그라시아는 늘 음지의 세계였어

남자들은 늙어 병들어 죽었지만
여자들은 서른이 되면 더는 늙지 않고 살다가
어느 한순간 죽어버리는 이 음지의 세계 한복판에는
유일하게 햇빛을 볼 수 있는
아주오른나무가 한 그루 있었지

아주오른나무 꼭대기까지 올라가면
햇빛이 있는 다른 세상이 있다고 사람들은 이야기했지

그라시아에선 이 나무를 탈 수 있는
나무 타기의 명인들이 사람들의 존경을 받았지
일 년에 한 번씩 엄격한 선발식을 거쳐
아주오른나무 타기의 명수를 뽑아
햇빛을 볼 수 있게 했지
다만 경계를 넘어서는 안 된다는 것이 조건이었지

아주오른나무의 명인 중 최고의 명인은 아르반이었지
그라시아에서 가장 많이 아주오른나무에 올랐다고
전해지고 있었지 어떤 이는 햇빛의 세상에도
다녀왔다고 이야기하곤 했지

아르반에게는 열두 명의 아내가 있었는데
그중에서도 오나를 가장 사랑했지
왜냐하면 오나는 햇빛 같이 아름다운 살결과
얼굴빛을 가졌기 때문이었지

아르반은 늘 오나에게 당신을 보고 있으면
아주오른나무 위에서 본 햇빛과도 같다고 속삭이곤 했지
오나는 아르반에게 매일매일 사랑을 쏟아 부었고
아르반은 오나를 떠나서는 아무것도 할 수 없게 되었지

아르반이 오나에게
햇빛의 아름다움에 대해 설명해주곤 했는데
오나는 너무나 감미로워 언젠가는 한번
아르반에게 나도 좀 데려가 달라고 조르곤 했지

오나는 아르반에게 몇 번이고 부탁했지만
아르반은 늘 정중히 거절했지
그라시아의 율법을 거역할 수는 없었으니까

설령 함께 오를 수 있다고 하더라도
아르반은 오나가 햇빛을 보고 그 아름다움에
자신을 영영 떠나지 않을까 두려웠기 때문이었지

세월은 어느새 수십 년이 지났지

아르반은 이제 거의 기력이 없어져서
아주오른나무에 직접 오르지는 않고
젊은 청년들에게 나무에 오르는 비법을 가르쳐주곤 했지

오나는 아르반이 늙고 추해지자
아르반의 수제자인 여린과 사랑에 빠졌지
아르반도 알고 있었지만 어떻게 할 수는 없었지
그것이 그라시아 남자들의 운명이었지

여린도 아직은 한 번도
아주오른나무에 오른 적은 없었지
여린이 수년의 노력 끝에 나무 타기의 명수가 되자
오나는 자신을 저 아주오른나무의 끝으로
데려가 달라고 속삭였지

여린은 고민 끝에 모든 마을 사람들이 잠든
새벽 2시경에 아주오른나무 앞으로 오라고
약속을 했지
새벽이 되자 여린과 오나는 아주오른나무를
오르기 시작했지 두 사람은 지금 이 순간
운명을 같이한다는 것에는 관심이 없었지
여린과 오나는 오직 아주오른나무의 끝을
보고 싶다는 생각뿐이었지

아, 운명은 소유할 수 있는 것이 아닌가 보다

아침이 되어도 아주오른나무의 끝은 보이지 않았지
오나와 여린은 점점 힘이 빠지기 시작했지

'얼마나 더 가야 하나요'
'조금만 더 조금만 더'

그러나 밤이 되고 아침이 되고 다시 밤이 되어도
여린과 오나는 아주오른나무의 끝에 오르지 못했지

그 뒤로 마을에는 여린과 오나가 나무에서 떨어져 죽었다거나
나무 끝에 올라가 저 세상으로 가버렸다거나
아무도 안 사는 곳에서 숨어 지낸다거나 하는 소문이 나돌았지

하지만 아르반은 알고 있었지
아주오른나무의 끝은 없다는 걸
햇빛은 마음속에서만 볼 수 있다는 걸
그래야만 아주오른나무를 오르고 내릴 수 있다는 걸

아주오른나무는 아직도 이 음지의 세계
그라시아에 우뚝 서 있지
또 다른 아르반을 맞이하기 위해

자화상

옛날 옛날에
마음에 있는 이야기를 하지 못하는
사내가 한 명 있었습니다

사내에게는 사내를 좋아하는
아리따운 사람이 있었습니다

사내는 어떻게 하면 자기가
좋아하는 사람에게 좋아한다고
이야기할까 늘 생각했습니다

사내는
우선 거울 앞에 서서
몇 번이고 몇 번이고
사랑해요, 당신을 사랑해요
사랑해요, 당신을 사랑해요
연습을 했습니다

그리고 한 번 만나자고
전화를 했습니다

사내는 이제 자신 있게
이야기할 수 있으리라 생각했습니다

나는 나를 사랑해요 나는 나를 사랑해요

그 뒤로 사내는 혼자 조용히 살았답니다

안개·1

안개는 누나의 얼굴처럼 보이지 않습니다
달은 저리도 밝은데
마음은 저 그늘 속에 숨어서
어릴 적 숨바꼭질할 때
옆집 영이처럼 찾아도 찾아도
더욱더 꼭꼭 숨어버립니다

안개는 나무의 마음처럼 들을 수도 없습니다
안개는 별의 눈물처럼 만질 수도 없습니다

안개는 동생의 손짓처럼 친근하지도 않습니다
떨어뜨려 놓고 동네 밖으로 구슬치기 나와도
졸졸 따라와 빙긋 웃으며
놀아달라고 붙잡아 끌면
나도 모르게 이끌리는 신비도 없습니다
안개는 눈의 뒷모습처럼 그립지도 않습니다

그런데 안개는 안개는 자꾸자꾸
내 곁에 기대 잠을 자려 합니다
내 곁에 와서 그저 살려고 합니다

안개는 사람들처럼 이렇게 여기에 있습니다

詩

똥을 쌌다
더는 아무것도 나오지 않는다
앉아 있을 수 없다 밑을 닦고 가볍게 일어났다

– 일상의 슬픔과 수치와 비애와 쫀쫀함과 비열과
어리석음과 또 한쪽에 묻어 나오는 아쉬움 한 덩어리를
쏟아내고 나는 씨이익 웃는다 –

시를 쓰는 것은
매일 혹은 가끔
시간이나 공간의 구속으로부터 벗어나
막막하지만 쌓이는 안개의 덩어리를 끙끙거리며 배설하는 일

안개·2

비가 다리 위에 내리고 사람들은 이리저리 빗방울처럼
뛰어 사라진다
안양천 검푸른 물속에 자살하는 눈물들처럼
풀빵을 파는 젊은 부부는 카바이드 불빛 아래
기도하듯 고개를 숙이고
조금은 멀리서 걸어가는 사내들과
꿈과 겨울바람과 떠나버린 열차를 기억한다
서로에게 이국이 되어버린 사람들 사이를 빠져나와
피곤한 구두 소리엔 아랑곳없이
가볍고 즐거운 미소를 지으며 집으로 집으로
비슷한 몸짓의 사내들은 사라진다
시계가 멎고
아무도 없는 거리나 다리 위에 유령처럼 오가다 하늘을 보면
비는 사람들처럼 떠나고
구름은 영화의 끝처럼 웅성거린다
내가 볼 수 없는 나를 부르는 얼굴을
한 번만 더 바라보기 위해서

나는 안개를 종이비행기처럼 접어
다리 위에서
아무도 없는 겨울 속에서 날려 보낸다

내가 걸어가는 길이 다만 아름답기를 바라며

전화

누군가 전화를 걸어 사랑을 마시고 싶다고 한다

금여고(今如古)

굶주린 만큼 별을 더 볼 수 있을 때가 그립다
눈을 감고 소슬(蕭瑟)한 호수에 서면
모든 형상이 눈물처럼 손에 가득 담기던 날이

아름다운 얼굴 하나 그립지 않고
무엇 하나 부럽지 않았다
차양자(次養子) 같은 날들이 그 뒤로 안개처럼 찾아왔다

예니레 걸어도 신이 나지 않았다
삼백 육십 오일 그림자처럼 온몸이 멍들었다
그렇게 묵묵히 사는 법에 익숙해졌다

늘 다니던 그 길 위로 아스팔트를 깔고
장막을 짓고 자전거를 타고 밥을 먹는다

예감대로 나는 또 다른 꿈을 꾼다, 또 다른 꿈을